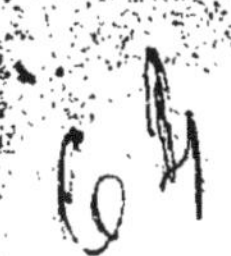

AU CLAIR DE LA LUNE

OPÉRA COMIQUE

En un Acte et en Vers

PAROLES DE M. CHARLES PERIER

MUSIQUE DE M. LOUIS HENRY

RAMBOUILLET

Typographie et Lithographie de RAYNAL, rue Impériale, N° 43

1870

AU CLAIR DE LA LUNE

OPÉRA COMIQUE

En un Acte et en Vers

PAROLES DE M. CHARLES PERIER

MUSIQUE DE M. LOUIS HENRY

RAMBOUILLET

Typographie et Lithographie de RAYNAL, rue Impériale, N° 43

1870

PERSONNAGES

MARTON LAFOREST, servante de Molière.
LULLI, cuisinier chez la grande Mademoiselle.
CRÉPON, cuisinier avec Lulli, son ami.
LAMBERT, fameux maître à chanter.

L'action se passe vers 165*, à Saint Germain-en-Laye, dans une salle d'auberge.

AU CLAIR DE LA LUNE

Une salle d'auberge ; deux portes, l'une de sortie, l'autre donnant dans l'intérieur de l'auberge. — Sur le premier plan, à droite, une table sur laquelle se trouvent un broc et deux verres, ameublement de salle d'auberge, bancs, tabourets, buffet.

SCÈNE PREMIÈRE,

LULLI, CRÉPON.

(*Ils sont assis de chaque côté de la table, en train de boire et de chanter.*)

ENSEMBLE.

Sur les rives de la Seine
On boit toujours de bon vin,
Sur les côteaux de Suresne
Aussi bien qu'à Saint-Germain.
Ami, sans être un ivrogne,
Je caresse du même œil,
Les bons vins de la Bourgogne
Et les bons vins d'Argenteuil.
Lorsque mon verre est vide
Je le remplis de vin,
Et quand mon verre est plein
Je le vide.

LULLI.

Lorsque mon verre est vide
Je le remplis de vin.

CRÉPON.

Cet excellent liquide
Qui nous met tous en train.

ENSEMBLE.

Et quand mon verre est plein
Je le vide.

CRÉPON, *debout, caressant son verre.*

C'est un moyen facile
De voir le monde entier,
Sans se faire de bile,
Sans crainte de verser.
Bordeaux, Mâcon, Tonnerre,
Beaune et bien d'autres crus
Ont passé dans mon verre,
Je les ai vus... et bus.

(*Il vient se rasseoir, ils boivent pendant la ritournelle, puis Lulli se lève.*)

LULLI.

Le vin est pour les hommes,
L'eau pour les animaux,
Sur la terre où nous sommes
Le vin guérit les maux.
Ah! qu'il est agréable
D'être dans un bouchon,
Tranquillement à table
En face d'un cruchon.

(*Crépon se lève pour verser à boire à Lulli, ils chantent ensemble sur le premier plan.*)

ENSEMBLE.

Depuis : Sur les rives de la Seine.
Jusqu'à : Et quand mon verre est plein
Je le vide.

(*Ils se rasseoient et vident le broc.*)

LULLI.

A ta santé, Crépon.

CRÉPON.

A la tienne.

LULLI.

Merci.

(*Ils boivent.*)

Notre bouteille est vide et nos poches aussi,
Et si nous avons soif, il faudra, cher compère,
Imiter les canards et boire de l'eau claire.

CRÉPON.

Humiliation! Le roi des animaux
Boire de l'eau! ni plus ni moins que les crapauds.

LULLI, *plaisantant.*

Bah! tu n'en mourras pas.

CRÉPON.

J'en tomberai malade.

Boire de l'eau! Lulli.

LULLI.

Mon pauvre camarade.

CRÉPON.

J'ai donc eu pour parrain quelque mauvais sorcier !
Le ciel m'a fait poëte, et je suis cuisinier,
Chez Mademoiselle. Ah ! fortune trop cruelle,
Etre poëte, hélas ! et laveur de vaisselle !

LULLI.

Je suis, mon cher Crépon, tout à fait dans ton cas,
Je chante tout de même, et je ne me plains pas.

CRÉPON.

Ce pauvre ami Lulli.

LULLI.

Quand pour venir en France,
Je quittai mes parents, mes amis et Florence,
Ce n'était pas, crois-moi, pour être cuisinier....
En changeant de pays, j'ai changé de métier,
Mais la gaîté, l'entrain, la folie et le rire
Ne m'ont jamais quitté, je suis gai.

CRÉPON.

Je t'admire.

LULLI.

Que veux-tu ? Je suis né pour être musicien,
On me fait marmiton.

CRÉPON.

Ce métier est le mien.

LULLI, *avec entrain.*

Pour braver la fortune, il faut se moquer d'elle,
Elle sera plus tard peut-être moins cruelle.....
En attendant, mon cher, que nous soyons tous deux
Poëte et musicien, un peu moins malheureux,
Je rends grâces au ciel qui, chez Mademoiselle,
A fait naître, entre nous, cette amitié fidèle
Qui grandit chaque jour.

CRÉPON, *d'un air protecteur.*

Si je deviens fameux,
Je ne t'oublierai pas.

LULLI.

Crépon, puissent les dieux
T'entendre ; mais, crois-moi, quitte cet air morose,

Et, si tu le veux bien, bavardons d'autre chose.

CRÉPON.

Ce sera de grand cœur.

LULLI.

Il faut nous mettre en train,
Ce n'est pas tous les jours la foire à Saint-Germain.
Pour le moment, hélas ! nous ne pouvons plus boire,
Je te vais raconter une petite histoire ;
Mais, tu n'en diras rien, au moins ?

CRÉPON, *étendant la main.*

Je le promets.
De père en fils, Lulli, les Crépon sont discrets,
En toi, mon cher ami, j'ai pleine confiance ;
Moi-même, je te vais faire une confidence :
Cette nuit, j'ai rêvé, je n'ai pu fermer l'œil.

LULLI.

Était-ce donc l'effet du bon vin d'Argenteuil ?

CRÉPON.

Non, je réfléchissais.

LULLI.

Tu n'en es pas capable.

CRÉPON.

J'ai rencontré, mon cher, une femme adorable,
Et veux me marier.

LULLI, *d'un ton compatissant.*

Ce pauvre ami Crépon !
Si malade que ça.

CRÉPON, *suppliant.*

Tais-toi...

LULLI.

Le dirait-on ?

CRÉPON.

Tu plaisantes toujours, ce n'est pas charitable,
Donne-moi des conseils, en ami véritable,
Dis ce que tu voudras, mais ne te moques pas.

LULLI.

Figure-toi, Crépon, que je suis dans ton cas,
Est-ce un effet du temps, est-ce sot, est-ce sage,
Je ne sais pas trop, je songe au mariage.

CRÉPON.

Oh! ce pauvre Lulli; moi passe encor, mais toi?

LULLI.

Voudrais-tu bien, mon cher, me dire un peu pourquoi
Je dois rester garçon, lorsque tu te proposes....,
De cette différence explique-moi les causes.

CRÉPON.

Je suis fort excusable et toi tu ne l'es pas,
Jamais, mon cher Lulli, tu ne rencontreras,
Vivrais-tu cinq cents ans, une beauté pareille,
Tiens....

LULLI.

C'est là ton excuse!

CRÉPON.

Oui, c'est une merveille.

LULLI.

Eh bien, mon cher ami, j'ai dû rencontrer mieux.

CRÉPON, *continuant son idée.*

Une petite main, taille fine et beaux yeux,
Sourire ravissant.....

LULLI.

Elle est spirituelle,
Un regard plein de feu jaillit de sa prunelle.....

CRÉPON.

La parfaite beauté! Je me suis trouvé pris,
Toi-même, en la voyant, serais de mon avis.

LULLI,

En sa présence, ami, j'ai senti que ma tête
Allait déménager, je suis resté tout bête.

Air :

LULLI.

C'était, mon cher, hier matin;
J'ai rencontré dans Saint-Germain
Une bien charmante soubrette,
Dont le portrait me trotte dans la tête.
Si la beauté, jointe à l'esprit,
Servait à faire la noblesse,
Mon cher Crépon, sans contredit,
Elle serait reine ou princesse...
Dans l'univers entier
On ne saurait trouver
De femme aussi jolie,

Le même jour
Verra finir ma vie
Et mon amour.

CRÉPON.

C'était hier dans la forêt,
J'entends une voix qui chantait
Un air charmant, plaintif et tendre,
Le rossignol se taisait pour l'entendre,
Mais quel fut mon ravissement
Quand j'aperçus sous le feuillage,
Celle qui charmait par son chant
Les doux échos de ce bocage...
Dans l'univers entier,
On ne saurait trouver
De femme aussi jolie.
Le même jour
Verra finir ma vie
Et mon amour.

(*Reprise.*)

ENSEMBLE.

Dans l'univers entier, etc.

LULLI.

Comme toi, cher Crépon, je suis donc excusable,
De commettre aujourd'hui la faute impardonnable
De vouloir m'enchaîner.

CRÉPON, *avec conviction.*

Mais, en réalité,
Lulli, le mariage a plus d'un bon côté.

LULLI.

Sans indiscrétion, quand la cérémonie?

CRÉPON.

Je l'ignore, Lulli.

LULLI, *sans avoir entendu, à part,*

De peur qu'il ne m'oublie,
Je vais tout simplement m'engager sans façon,
Au repas nuptial de mon ami Crépon.
(*Haut.*) Je m'invite à ta noce: où doit-elle se faire?
On peut compter sur moi quand on fait bonne chère.

CRÉPON, *des larmes dans la voix.*

Je ne sais pas du tout quand elle se fera,
Si jamais elle a lieu.

LULLI.

Que veut dire cela?

CRÉPON.

Je n'ai vu qu'un instant, sans oser lui rien dire,
Celle pour qui mon cœur depuis hier soupire.
Mais toi, c'est différent, voyons, Lulli, dis-moi,
Le nom de ta beauté.

LULLI.

Mais je suis comme toi,
Je n'ai vu qu'un instant, sans oser lui rien dire,
Celle pour qui mon cœur depuis hier soupire.
Le plus grand des hasards nous a fait rencontrer,
La reverrai-je encor ? Je n'ose l'espérer.
(*Avec âme.*) Ah ! si je la revois ! (*Avec abattement.*)
Ce serait un miracle.

CRÉPON, *sanglotant.*

Je maudis le destin de ce nouvel obstacle,
Destin, jusques à quand t'acharneras-tu donc
A désoler les jours du malheureux Crépon !
Je suis le dernier fils d'une race honorable,
Le dernier des Crépon, et le plus misérable !

(*Il s'affaisse et sanglote.*)

LULLI.

Pour le jour de ma mort conserve donc tes pleurs,
Ton pauvre ami Lulli partage tes malheurs,
Et tu ne lui vois pas pourtant verser de larmes.

CRÉPON.

Oh ! sort épouvantable ! Ah ! mortelles alarmes !

LULLI.

Es-tu bien sûr, Crépon, qu'elle eût voulu de toi ?

CRÉPON, *furieux.*

Tu m'agaces, Lulli, de grâce, laisse-moi.....
(*Rageant.*) Et si je veux pleurer.

(*Il laisse tomber sa tête dans ses mains.*)

LULLI.

Mais il en perd la tête.
Pour sa raison, vraiment, mon âme est inquiète.

(*Scène muette entre Lulli et Crépon, Lulli s'approche, Crépon lui tourne le dos.*)

SCÈNE II.

MARTON, LULLI, CRÉPON.

MARTON, *entrant par la porte de gauche et frappant bruyamment.*

Personne ? — Holà quelqu'un. — Je vais m'égosiller
Et me casser la voix à force de crier !
Ni maîtres ni valets, en cette hôtellerie,
Des ivrognes partout..... C'est une confrérie
Qu'on rencontre toujours..... (*Elle frappe.*)
Personne ne viendra.
(*Elle descend vers les buveurs.*)

LULLI.

Suis-je bien éveillé ? C'est elle, la voilà !

CRÉPON.

C'est elle !

MARTON (1), *à part.*

Ces buveurs vont me tirer d'affaire,
Je vais leur demander s'ils auraient vu Molière.

LULLI, *s'inclinant.*

Lulli, mademoiselle, est votre serviteur.

CRÉPON, *embarrassé et timide.*

(*A part.*) Il me faut de l'aplomb. (*Haut.*)
Crépon a bien l'honneur.
(*Trio.*)

MARTON.

Avez-vous vu mon maître ?

LULLI *et* CRÉPON.

J'ai l'honneur d'être

MARTON.

Avez-vous vu mon maître ?

LULLI *et* CRÉPON.

J'ai l'honneur d'être
Votre humble serviteur.

MARTON.

Messieurs, c'est trop d'honneur,
Et je vous remercie
De votre courtoisie.
L'avez-vous vu ?
Est-il venu ?

LULLI *et* CRÉPON, *derrière Marton.*

Mon cher { Lulli, / Crépon, } c'est elle.

(1) Lulli, Marton, Crépon.

(*A Marton.*)

Je suis { Lulli, / Crépon, } Mademoiselle.

MARTON.

Cela, messieurs, m'est fort égal.

CRÉPON *et* LULLI.

Crépon / Lulli { Je crois, est mon rival.

MARTON.

Avez-vous vu Molière?
De le trouver, je désespère.
Répondez-donc enfin, messieurs, l'avez-vous vu?
Ils ont l'esprit tourné par le vin qu'ils ont bu.

LULLI *et* CRÉPON.

Nous ne l'avons pas vu.

MARTON.

Molière m'avait dit, qu'après la comédie
Je le retrouverais dans cette hôtellerie,
Je voulais demander s'il est déjà venu,
Peut-être est-il passé sans que vous l'ayez vu.

LULLI.

Nous étions tous les deux assis à cette table,
Personne n'est entré.

CRÉPON, *à part.*

Quel sort épouvantable!
Me voilà le rival de mon ami Lulli.

MARTON.

Si vous le permettez, je vais l'attendre ici.

LULLI, *enchanté, lui offrant une chaise.*

Si nous le permettons! Asseyez-vous de grâce.

CRÉPON.

Saint Crépon, mon patron, donne-moi de l'audace.

MARTON.

Je ne vous gène pas?

(*Crépon veut parl*

LULLI.

Être avec vous, Marton,
Est un honneur pour nous.

MARTON.

Vous savez donc mon non

LULLI.

Oui; Marton Laforest, servante de Molière.

MARTON, *étonnée.*

Tiens !

LULLI.

Monsieur Despréaux, la semaine dernière,
A vanté votre esprit.

CRÉPON, *parvenant à placer son mot.*

Ce n'est pas un flatteur.

MARTON.

Vraiment !

CRÉPON.

Ses compliments n'ont que plus de valeur.

MARTON.

Vous êtes fort galants, je vous en remercie,
Mais, croyez-moi, messieurs, je hais la flatterie.

LULLI.

Je ne vous flatte pas, je dis ce que l'on dit,
Que vous êtes, Marton, une femme d'esprit.

CRÉPON.

Et l'esprit devient rare, on n'en trouve plus guère.

LULLI.

Qu'avant de présenter une pièce au parterre,
Molière vous fait voir ces ouvrages charmants,
Dans lesquels il se rit des mœurs de notre temps.

MARTON.

Quand monsieur Despréaux ne fait pas de satire,
Il compose une épître et se complaît à dire
Maints compliments.

CRÉPON.

Non pas.

LULLI.

Il dit la vérité.

CRÉPON.

S'il fait un compliment, c'est qu'on l'a mérité.

LULLI.

Le ciel a fait erreur en vous faisant servante.

MARTON, *se levant.*

Et de grâce, pourquoi ?

CRÉPON.

Vous êtes trop charmante.

LULLI.

C'est une erreur du sort, il en commet souvent.

MARTON.

Est-ce encor de Boileau, ce nouveau compliment ?

CRÉPON.

C'est une vérité.

MARTON.

Vraiment !

LULLI.

Mademoiselle,
Croyez-moi, pour nous trois, la fortune est cruelle.

MARTON.

Pour vous, peut-être bien, mais pour moi, vraiment non,
Qu'importent les grandeurs ! Je ne suis que Marton,
Je ne désire rien, j'ai ce que je désire.
Mais vous, monsieur Lulli, veuillez donc bien me dire,
L'injustice du sort vis-à-vis de vous deux.
Car vous me paraissez vraiment bien malheureux,
Contez-moi donc cela ? Votre malheur me touche.

LULLI.

Je suis tout simplement un officier de bouche,
Et je n'étais pas né pour faire le métier
D'officier gâte sauce ou bien de cuisinier.

CRÉPON.

Comme Lulli, je suis inconnu, misérable,
Et je rêvais pourtant un sort plus honorable.

MARTON, *plaisantant.*

Eh ! que rêviez-vous donc ? Supplanter Mazarin,
Ou cueillir des lauriers sur les rives du Rhin ?

CRÉPON.

Vous vous moquez, Marton.

MARTON.

Ou seconder Turenne,
Vaincre les Pays-Bas et prendre Valenciennes,
Faire oublier Bayard, ou Mayenne, ou Crillon ?

CRÉPON.

Vous voulez plaisanter.

LULLI.

La triste ambition !
S'il faut au prix du sang que la gloire s'acquière,

Je n'en veux pas, Marton, elle est toujours trop chère.

MARTON.

Si vous ne voulez pas être grand général,
Que pouvez-vous rêver ? Evêque ou cardinal ?

LULLI.

Encor moins ! cet état ne me sourirait guère.
(*Finement.*) Je ne désire pas rester célibataire.
Certes non ! Vous riez, ce n'est vraiment pas bien....
Je me nomme Lulli, je suis né musicien,
Et quand je vins en France, avec monsieur de Guise,
Je comptais devenir page d'une marquise,
Ou d'une grande dame, avoir l'occasion
De produire mes airs et de me faire un nom.

MARTON.

Vous êtes plus connu que vous ne semblez croire,
Dans Paris, bien des gens racontent votre histoire.

LULLI.

Vraiment ! Est-il possible ?

CRÉPON, *s'approchant.*

Et moi, me connaît-on ?
Je compose des vers et me nomme Crépon.

MARTON.

Vos vers sont peu connus... En revanche, on assure
Que vous êtes premier pour faire une friture,
Trousser une volaille...

CRÉPON, *désappointé.*

Eh, ça m'est bien égal !

LULLI, *à part.*

C'est le moment, je crois, d'enfoncer mon rival. (*Haut à Marton.*) Pour la première fois, je vous ai rencontrée
Hier ; en vous voyant, mon âme fut charmée,
S'il est en votre cœur une place à donner,
Exaucez-moi, Marton, je viens vous implorer.

MARTON.

Vous avez lu cela dans quelque comédie.

CRÉPON.

Je vous ai vue aussi, dans mon âme ravie,
Votre image est gravée et ne peut s'effacer,

(*Marton sourit.*)

Mon cœur est à vos pieds, (*d'un sentimental outré*)
daignez le ramasser...

MARTON.

Vous avez lu cela dans quelque comédie,
On se voit, on se plaît, on s'aime, on se marie.

LULLI.

Oh! Marton.

MARTON.

Croyez-moi, vous soupirez en vain,
C'est, pour des cuisiniers, perdre votre latin.

CRÉPON.

Hélas!

LULLI.

Peut-être un jour serez-vous grande dame,
Adorable Marton, en devenant ma femme.

MARTON.

Cela m'importe peu. (*Finement.*) Je veux rester Marton,
Les intrigues de cour, les grands airs, le bon ton,
Les courbettes ne sont pas dans mon caractère,
La simplicité pure est bien mieux mon affaire.
(*Trio.*)

LULLI.

Pour faire un long voyage,
On marche mieux
Quand on est deux,
Ah! ne repoussez pas mes vœux,
Marton songez au mariage.

MARTON.

Gens sages auxquels je me fie,
Me répètent assez souvent
Qu'il faut y songer mûrement,
J'y songerai... toute ma vie.

LULLI et CRÉPON.

Quand on est jolie,
C'est une folie.

MARTON.

J'y songerai toute ma vie,
J'y songerai, j'y songerai toute ma vie.

CRÉPON, *d'un sentimental outré.*

Nous voyons la rivière et le petit ruisseau,
Se marier ensemble au pied du coteau.
On entend au printemps la tourterelle
Qui roucoule, appelant auprès d'elle,
Son tendre tourtereau fidèle,
Quit vient dès qu'elle l'appelle,

Ils semblent fort heureux.
Mon cœur envieux
Forme le vœu
D'être heureux
Comme eux
Deux,
Reprise de :
Pour faire un long voyage, etc.

LULLI.

Je n'ai pas beaucoup de défauts,
(*Geste d'incrédulité de Marton*).
De gros
Défauts.
Ah! vous pouvez m'en croire,
Je n'aime pas boire, (*Id.*)
Je n'aime pas... trop boire,
Je ne suis pas joueur, (*Id.*)
Au jeu, je n'ai pas de bonheur,
Aussi, je ne suis pas joueur.
Je suis d'assez bon caractère,
Et jamais, jamais en colère
Ou presque jamais,
Je ne mens jamais,
Ou presque jamais.
Je suis ami des convenances,
Du bon ton, des bienséances.
Je ne suis pas bavard,
Pas trop bavard.
Ah! je suis sincère,
Puissé-je vous plaire.
Ne repoussez pas mes vœux,
Marton, songez au mariage,
Pour faire un long voyage,
On marche mieux
Quand on est deux.

MARTON.

Gens sages auxquels je me fie,
Me répètent assez souvent,
Qu'il faut y songer mûrement.
J'y songerai... toute ma vie.

MARTON.

Vous perdez votre temps, vous feriez beaucoup mieux,
De soupirer ailleurs vos propos amoureux.
Je ne veux pas, messieurs, me marier.

CRÉPON.

Cruelle.

LULLI.

Vous me percez le cœur.

MARTON.

Cherchez quelqu'autre belle.

LULLI.

Je ne chercherai pas.

MARTON.

Pour engager leur foi,
Beaucoup de gens n'ont pas la même horreur que moi.

CRÉPON.

Mais d'où vient pour l'hymen cette horreur si profonde ?

LULLI.

Nous serions exposés à voir la fin du monde,
Si chacun ici-bas était de votre avis.

MARTON.

Le beau dommage ! eh bien, je vous dirais tant pis.

Air : MARTON, *finement.*

Tous les jeunes gens sont des traitres,
Des trompeurs
Qui se disent nos serviteurs
Pour devenir nos maîtres.
Lorsqu'aux pieds d'une demoiselle
Un jeune homme apporte son cœur,
Il lui jure d'être fidèle,
De ne rêver qu'à son bonheur,
Il la trouve toujours charmante,
Trouve bien tout ce qu'elle dit,
Il applaudit lorsqu'elle chante,
De suite il rit, dès qu'elle rit,
Il cherche tout pour lui plaire,
Bien souvent on le croit sincère.
(*Riant.*) Ah, ah, ah, ah,
Ils ne nous disent que du bien,
Et les traîtres n'en pensent rien.
Non, les monstres n'en pensent rien.

LULLI *et* CRÉPON.

Ce que je vous ai dit, mon cœur le pense bien.

MARTON.

Non, non, non, non, je n'en crois rien,
Tous les jeunes gens sont des traitres,
Des trompeurs,
Qui se disent nos serviteurs
Pour devenir nos maîtres.....
Mais après la cérémonie
Il se moque de ses serments,
Il a fini sa comédie,

On n'entend plus de compliments,
Il ne cherche plus à lui plaire,
Ses qualités ont disparu.
Pour un rien il est en colère,
Que de défauts ont apparu !
Jadis, il voulait lui plaire,
On le croyait vraiment sincère,
(*Riant.*) Ah, ah, ah, ah,
Tous les jeunes gens sont des traîtres,
Des trompeurs,
Qui se disent nos serviteurs
Pour devenir nos maîtres,
Ils ne nous disent que du bien,
Et les monstres n'en pensent rien.

LULLI, *désespéré.*

Crépon.

CRÉPON, *désespéré.*

Lulli.

MARTON.

Chacun sa manière de voir.

LULLI.

J'en mourrai de chagrin.

CRÉPON.

Je suis au désespoir.
Et vais sans plus tarder me jeter à la Seine.

MARTON.

Molière, mon cher maître, et le bon Lafontaine,
Seraient certainement tous deux de mon avis,
Leur intérieur, je crois, n'est pas un paradis,
Sur ce chapitre-là, messieurs, j'ai mon idée.

LULLI.

Vous pouvez en changer.

MARTON.

Je suis trop entêtée.
(*Elle va vers la porte de gauche.*)

CRÉPON.

Nous sommes, cher ami, vraiment trop malheureux,
Ne nous séparons pas. — Viens nous pendre tous deux.

MARTON, *près la porte, regardant au dehors.*

Molière ne vient pas.

CRÉPON.

Décide-toi.

(*Lulli réfléchit.*)

LULLI.

Me pendre,

Non, merci, cher Crépon.

CRÉPON.

Quoi.

LULLI.

J'aime mieux attendre.

CRÉPON.

Ou nous jeter à l'eau.

LULLI.

Non, je n'en ferai rien.

CRÉPON.

Et qu'espères-tu donc ?

(Marton se rapproche.)

LULLI.

C'est qu'un proverbe ancien,
Qu'on cite bien souvent, dit que femme varie.

MARTON.

Oh ! pas toujours.

LULLI, *avec intention.*

Surtout... alors qu'elle est jolie.

MARTON.

Je ne varierai pas.

CRÉPON.

Viens nous jeter à l'eau.

LULLI, *hésite puis se laisse entraîner.*

Je préférais, hélas, le bon vin de tantôt.

(Ils se dirigent vers la porte de gauche.)

MARTON.

Ils ont le vin bien triste, il faudrait les distraire,
Et puisqu'ils sont savants, les prier de me faire
Quelque joli couplet avant de se tuer,
J'arriverai, sans doute, à les en empêcher.
(*Haut*) Dites-moi donc Crépon, avant d'aller vous pendre
Vous devriez rimer un poëme bien tendre,
Le dernier chant du cygne.

CRÉPON.

On va vous obéir.

LULLI.

J'en ferai la musique.

MARTON, *montrant la porte de droite.*

Allez vous recueillir.

LULLI, *en sortant.*

Quand j'ai bu du vin blanc, je suis toujours en veine.

(Ils sortent.)

MARTON, *seule.*

Le vin est capiteux, sur les bords de la Seine.
Si je puis en juger par leur émotion.
Ils ont perdu l'esprit en vidant leur cruchon,
Ils voulaient se noyer, ah! l'idée était belle,
Ils vont cuver leur vin, en creusant leur cervelle,
Et lorsqu'ils reprendront leur tête et leur bon sens,
Ils ne rêveront plus que vivre fort longtemps.
J'entends du bruit, par là, serait-ce enfin Molière?
(Ecoutant).
Non, ce n'est pas sa voix. C'est un homme en colère.

SCÈNE III.

LAMBERT, MARTON.

(Lambert entre par la porte de gauche.)

LAMBERT, *à la cantonade.*

Je ne veux pas souper.

UNE VOIX ENROUÉE.

C'est bon.

LAMBERT.

Je n'ai pas faim.

(Il descend en scène.)

Ce n'est pas malheureux, je suis à Saint-Germain.
Mon cocher a failli me verser à Nanterre,
Le bac s'est entr'ouvert en passant la rivière,
Vingt fois sur ce chemin, j'ai cru trouver la mort.

MARTON.

Mais, c'est monsieur Lambert!

LAMBERT, *sans l'entendre.*

Hélas, quel triste sort!

MARTON, *s'approchant de lui.*

Ce cher monsieur Lambert, quelle mine défaite!

LAMBERT.

Avant deux jours, pour sûr, j'aurai perdu la tête.

MARTON.

Eh! mais, qu'avez-vous donc?

LAMBERT.

Ah ! Marton, plaignez-moi.

MARTON.

Je le veux bien, monsieur, mais dites-moi pourquoi
Vous êtes tant à plaindre.

LAMBERT.

Hélas !

MARTON.

A vous entendre,
On pourrait supposer que vous allez vous pendre.

LAMBERT.

Non, je n'en suis pas là. — Je suis au désespoir.

MARTON.

Dites au moins pourquoi ; que pouvez-vous avoir
Qui vous chagrine ainsi ? Le ciel semble souscrire
A vos moindres désirs, partout on vous admire,
On cite votre nom, parmi les plus grands noms,
Les dames de la cour prennent de vos leçons
Pour rimer un couplet, pour dire une romance,
Pour sourire avec art, pour apprendre la danse.
Quand Lambert doit chanter, elles vont l'applaudir ;
Un seul air, dit par vous, suffit à les ravir.
Pour les dames, monsieur, vous êtes un oracle,
Je ne vois vraiment pas de sort plus enviable,
Et vous vous lamentez !

LAMBERT, *d'un air fat.*

Grâces à mon talent,
Comme maître à chanter, j'ai conquis certain rang ;
Pour le chant, pour le style et les bonnes manières,
Je n'ai pas mon pareil : mes élèves sont fières
D'avoir pris mes leçons.

MARTON.

Vous êtes sans égal.

LAMBERT.

Eh bien, Marton, je suis menacé d'un rival.

MARTON, *reste muette un instant et fort étonnée.*

Vous me verriez, monsieur, beaucoup moins étonnée,
Si du ciel, à l'instant, la lune était tombée.
Et quel est ce rival ?

LAMBERT.

Connaissez-vous Lulli ?

MARTON.

Versailles et Paris ne parlent que de lui.

LAMBERT.

C'est lui ! Je crains qu'un jour on ne me le préfère,
A moi Lambert ; et c'est ce qui me désespère.

MARTON.

Pauvre monsieur Lambert.

LAMBERT.

Ce petit Italien
Ne manque pas d'esprit, il est bon musicien,
Et compose à ravir des grands airs, des ariettes,
Que chantent à la cour nos aimables coquettes.

MARTON.

Pour le moment, monsieur, il n'est que marmiton
Chez mademoiselle.

LAMBERT.

Oui, je le sais bien, Marton,
Mais il va devenir bientôt un personnage,
Me renverser peut-être, et c'est ce dont j'enrage.
Lundi, monsieur de Guise et monsieur de Nogent
Sont venus à l'office, attirés par son chant.
Il s'est accompagné sur douze casseroles
Des couplets dont un autre avait fait les paroles ;
Ils ont été charmés d'entendre ce concert,
Et m'ont dit, dès hier : c'est un nouveau Lambert,
Nous le protégerons.

(*Il s'arrête anéanti.*)

MARTON.

Et que comptez-vous faire ?

LAMBERT.

Je voudrais devenir son maître et son beau-père,
Faire par ce moyen, d'un rival un ami ;
J'arrive tout exprès pour offrir à Lulli,
De devenir mon gendre en épousant ma fille.

MARTON.

Ingénieuse idée.

LAMBERT.

Isabelle est gentille.

MARTON.

Votre portrait frappant

LAMBERT.

Il ne peut refuser ;
Mais je ne sais comment faire pour le trouver.
J'ai trotté dans Paris toute l'après-dînée,
Hier, puis aujourd'hui toute la matinée
Sans pouvoir le rejoindre. On m'a dit à la fin,
Que je le trouverais, sans doute, à Saint-Germain.
Si je puis lui parler, je suis sûr de l'affaire. (*Convaincu*)
Il tombe dans mes bras, je deviens son beau-père.
Il me regardera comme son bienfaiteur,
Et sera fort heureux de faire le bonheur
De ma fille.

(*Il est devenu presque heureux en terminant.*)

MARTON.

Ah ! bien oui !

LAMBERT.

Pourquoi cette surprise ?

MARTON.

Dans le cœur de Lulli, si la place était prise ?

LAMBERT, *consterné tout à coup.*

Que dites-vous, Marton ?

MARTON.

Je dis la vérité,
Il a d'autres projets.

LAMBERT.

Quelle fatalité.

MARTON.

Il parlait ce matin de mourir pour sa belle.

LAMBERT, *d'un air suffisant.*

C'est, à n'en pas douter, pour quelque péronnelle,
Que son cœur a battu ?

MARTON, *piquée.*

Vous êtes dans l'erreur.

LAMBERT.

Quelque femme mal faite et laide à faire peur.

MARTON.

Je n'ai pas dit cela, monsieur ; tout au contraire,
On la trouve pas mal.

LAMBERT.

Quelque beauté vulgaire.
Bien au-dessous de lui.

MARTON, *impatientée.*

Je n'ai pas dit cela.

LAMBERT.

Sans grâce et sans esprit.

MARTON.

On prétend qu'elle en a.

LAMBERT.

Il s'en repentira, mais trop tard... ce doit être...

MARTON, *impatientée.*

Mais, mon très-cher monsieur, vous vous trompez peut-
J'entends dire souvent qu'il ne faut pas parler [être,
Sans savoir.

LAMBERT.

Dites-moi, pouvez-vous me nommer
La dame en question ?

MARTON.

Cela m'est impossible,
Ce que je sais, monsieur, c'est qu'elle est insensible
A tous les beaux discours, et ne veut l'épouser.

LAMBERT.

C'est la ruse de guerre, afin de l'éprouver ;
S'il venait lui chanter mon quatrain plein de flammes,
Qui sait si bien charmer le cœur des grandes dames,
Elle serait séduite. — On le connaît partout
Le quatrain de Lambert... Le savez-vous ?

MARTON.

Du tout.

(*Quatrain.*)

LAMBERT.

Rochers vous êtes sourds, vous n'avez rien de tendre,
Et sans vous ébranler, vous m'écoutez ici,
L'ingrate que j'adore est un rocher aussi,
Mais hélas elle fuit, et sans vouloir m'entendre.

Marton, qu'en dites-vous ?

MARTON.

C'est du Lambert tout pur,
« Le cœur est un rocher » charmant.

LAMBERT.

J'étais bien sûr.
Ah ! sa divinité l'écouterait, je gage,
Et, dès quelle apprendra que Lulli devient page.

MARTON, *blessée.*

Vous n'êtes pas galant. (*A part.*) Je voudrais me venger.
De l'entretien cruel qu'il vient de m'infliger.
(*Haut.*) Cherchez-le donc, monsieur.

LAMBERT.

Je vais me mettre en chasse.

MARTON, *faisant mine de chercher.*

Où peut-il être bien ?

LAMBERT.

Parbleu ! sur la terrasse,
En train de débiter quelque charmant discours
A sa divinité.

MARTON.

Cela se peut.

LAMBERT.

J'y cours.

(*Fausse sortie.*)

MARTON.

Je le laisse partir,
Car je veux le punir
De m'avoir dit en face,
Que je suis sans beauté, sans esprit et sans grâce.

LAMBERT, *revenant.*

Si vous voyez Lulli,
Ayez soin de lui dire,
Que ma fille pour lui,
Que ma fille soupire.

MARTON.

Si je voyais Lulli,
J'aurais soin de lui dire,
Qu'Isabelle pour lui,
Qu'Isabelle soupire.

ENSEMBLE.

MARTON.	LAMBERT.
Si je voyais Lulli.	Si vous voyez Lulli.

MARTON.

Oui, oui, oui, oui, comptez-y bien.

LAMBERT, *fausse sortie.*

Marton, Marton, dites-lui bien.

MARTON.

Oui, oui, oui, oui, comptez-y bien,
Je ne lui dirai rien,
Il ne se doute pas
Qu'il se trouve à deux pas.
Mais il m'a dit en face,
Que je suis sans beauté, sans esprit et sans grâce.

LAMBERT, *revenant encore.*

S'il venait par ici,
Dites-lui de m'attendre,
Que je ne veux que lui,
Et qu'il sera mon gendre.

MARTON.

Oui, oui, oui, oui, comptez-y bien.

LAMBERT.

Marton, Marton, dites-lui bien.

MARTON.

Oui, oui, oui, comptez-y bien.

(*Il s'éloigne.*)

Je ne lui dirai rien.

ENSEMBLE.

MARTON	LAMBERT.
Ah! puisse-t-il chercher	Ah! puissé-je trouver
En vain son futur gendre,	Lulli, mon futur gendre.
Oui, oui, oui, oui, comptez-y bien	Marton, dites-lui bien.
Je ne lui dirai rien.	

(*Il sort à gauche.*)

SCENE IV.

MARTON, *seule, ironiquement.*

Allez, monsieur Lambert, allez vous promener.
Il s'est imaginé que j'allais épouser
Lulli, par la raison qu'il va devenir page,
Pour être grande dame et rouler équipage,
Jouer de l'éventail, paraître à la cour. . non,
Cela ne m'irait pas, je veux rester Marton.

(*On entend dans la coulisse l'air du Clair de la Lune joué sur des verres, Marton écoute et place son mot de temps en temps.*)

Mes buveurs sont vivants, puisqu'ils se font entendre,
Parbleu! Je pensais bien qu'ils n'iraient pas se pendre.
C'est vraiment fort joli (*l'air finit*) Mais que dirait Lambert
Notre grand musicien, s'il entendait cet air!
Quelle inspiration et quelle mélodie!
Il mourrait de dépit, et j'en serais ravie.

SCÈNE V.

CRÉPON, LULLI, MARTON.

(*Crépon et Lulli rentrent par la porte de droite, par laquelle ils sont sortis.*)

(*Tous deux tiennent le manuscrit.*)

LULLI.

Laisse-moi donc, Crépon, c'est moi qui dois chanter.

CRÉPON.

Mais pas du tout.

LULLI.

Mais si. (*A Marton.*) Je vais vous soupirer.
L'air que j'ai composé.

MARTON.

Je brûle de l'entendre.

CRÉPON, *se disposant à chanter.*

C'est un simple couplet,

LULLI, *le repoussant et prenant sa place.*

Crépon, vas donc te pendre.
Tu chantes faux.

MARTON, *souriant.*

Fort bien.

CRÉPON.

Toi, tu prononces mal.

LULLI.

Tirons au doigt mouillé.

CRÉPON, *furieux, tirant le manuscrit.*

Lâche donc, animal.

MARTON, *à part.*

Ils vont se disputer, la chose est trop certaine,
(*Haut.*) A vous mettre d'accord, vous avez tant de peine,
Qu'il vaudrait mieux, je crois, ne pas du tout chanter.

LULLI.

Que le diable t'emporte.

MARTON.

Allons !

CRÉPON.

Veux-tu lâcher.

MARTON.

Entre deux bons amis, est-ce ainsi qu'on procède ?

LULLI.

Laisse-moi, Crépon.

CRÉPON.

Non, voyons, cher Lulli, cède !

LULLI, *à Marton.*

A votre choix, Marton, je veux me conformer.

(*Moment de silence, Marton les regarde et les laisse indécis.*)

(*A part.*) C'est moi qu'elle choisit.

CRÉPON.

Elle va me nommer.

LULLI.

La musique est de moi.

CRÉPON.

Moi, j'ai fait le poëme.

MARTON.

Pour vous mettre d'accord, je vais chanter moi-même.

CRÉPON, *à part.*

Lulli doit enrager.

LULLI, *à part.*

Crépon est furieux.

MARTON, *tenant le manuscrit et semblant hésiter.*

Bah ! je vais essayer et faire de mon mieux.

Air :

Au clair de la Lune,
Mon ami Pierrot,
Prête-moi ta plume
Pour écrire un mot,
Ma chandelle est morte,
Je n'ai plus de feu,
Ouvre-moi ta porte,
Pour l'amour de Dieu.

CRÉPON, LULLI.

Eh bien, qu'en dites-vous ?

LULLI, *seul.*

Répondez franchement.

CRÉPON.

Donnez-nous votre avis ?

MARTON.

Ce couplet est charmant.

Lambert, le grand Lambert ne saurait pas mieux faire.

LULLI, *modestement.*

Marton, vous vous moquez.

CRÉPON, *modestement.*

Vous n'êtes pas sincère.

(*Trio.*)

MARTON.

Ce n'est pas de la moquerie.

CRÉPON *et* LULLI.

Vous nous flattez.

MARTON.

Ce n'est pas de la flatterie,
Je trouve ce couplet charmant,
Je vous le dis bien franchement.

CRÉPON, *s'approchant timidement.*

J'ai composé la poésie,
Et je crois pouvoir me flatter,
Que si la musique est jolie,
Mon poëme a dû l'inspirer.

MARTON, *faisant l'étonnée.*

Comment, c'est vous l'auteur de ce charmant poëme.

CRÉPON, *fier.*

Moi-même, moi-même.

MARTON, *d'un air de compassion.*

Et vous êtes marmiton !
Ce pauvre monsieur Crépon.

ENSEMBLE.

LULLI, *triste.*

C'est Crépon qu'elle préfère,
Son poëme a su lui plaire.

MARTON, *souriant.*

L'autre qui se désespère,
Et qui se met en colère.

CRÉPON, *rayonnant.*

Ah ! c'est moi qu'elle préfère,
Mon poëme a su lui plaire.

CRÉPON, *à Lulli, d'un air protecteur.*

Mon pauvre ami,
Mon cher Lulli.

LULLI, *à Marton.*

Le couplet sans la mélodie,
Marton ne serait pas charmant,
Si vous avez été ravie,
Croyez-le bien, c'est grâce au chant.

MARTON, *même jeu.*

Est-ce bien vous l'auteur de cet air poétique ?

LULLI.

Je suis l'auteur de la musique.

MARTON.

Et vous êtes marmiton !
Marmiton avec Crépon !

LULLI, *radieux,*

Oh ! c'est moi qu'elle préfère,
Ma musique a su lui plaire.

ENSEMBLE

CRÉPON, *abattu.*	MARTON.
C'est Lulli qu'elle préfère,	L'autre qui se désespère,
Sa musique a su lui plaire.	Et qui se met en colère.

LULLI.

Ah ! c'est moi qu'elle préfère,
Ma musiqne a su lui plaire.

LULLI.

Qui de nous deux, Marton, deviendra votre époux ?

MARTON.

Je ne saurais choisir, je ferais un jaloux.
Je ne le voudrais pas.

CRÉPON.

Quel chagrin est le nôtre.

LULLI.

C'est affreux !

MARTON.

Vous avez du talent l'un et l'autre,
Je ne puis pourtant pas vous épouser tous deux.
Vous m'oublierez bien vite.

CRÉPON, *étendant la main.*

Oh ! jamais.

LULLI.

C'est douteux.
Ce doit être impossible, après vous avoir vue.
Oh ! laissez vous fléchir !

MARTON.

Non, c'est peine perdue,
Vous soupirez en vain, je vous l'ai déjà dit.

LULLI.

Que vais-je devenir ? Ah ! j'en perdrai l'esprit.

MARTON.

Vous trouverez, Lulli, quelque riche héritière
Que vous épouserez.

LULLI, *suppliant.*

Marton !

MARTON.

Qui sera fière
De porter votre nom.

CRÉPON, *désolé.*

Je me ferai chartreux.

LULLI.

Mais avec sa richesse, aurait-elle vos yeux ?
Eh ! que m'importe l'or.

MARTON.

Je suis un peu prophète,
Vous verrez, je dis vrai.

(*Lulli semble en douter.*)

CRÉPON.

Moi, j'en perdrai la tête.

(*Scène muette entre Crépon et Lulli.*)

MARTON, *à part.*

Ils vont recommencer : j'aurais, je crois mieux fait,
De les faire venir quand Lambert les cherchait.
Si je lui disais ?.. Non. (*Haut.*) Ah ! laissez-moi, de grâce.
Ou bien, sans plus tarder, je quitterai la place...
Tenez, puisqu'avec vous, je ne puis pas parler,
Reprenons l'air charmant que je viens de chanter.

(*Quatuor.*)

CRÉPON *et* LULLI.

Pour calmer notre infortune,
Chantons au clair de la Lune.

SCÈNE VI.

LAMBERT. CRÉPON, MARTON, LULLI.

(*Pendant le prélude du piano, Lambert entre.*)

LAMBERT, *près la porte.*

Je n'ai pu le trouver. (*L'apercevant.*) Que le ciel soit béni,
Dieu, ce n'est pas sans peine, enfin, je tiens Lulli.

(*Il s'approche, Lulli ne fait pas attention à lui, il tourne tout autour.*)

LULLI, MARTON *et* CRÉPON.

Au clair de la Lune,
Mon ami Pierrot,
Prête-moi ta plume,
Pour écrire un mot,
Ma chandelle est morte,
Je n'ai plus de feu,
Ouvre-moi ta porte
Pour l'amour de Dieu.

LAMBERT.

Ma fille Isabelle
Soupire pour toi,
Ah ! viens auprès d'elle
Lui donner la foi.
Si ton cœur est tendre,
Ecoute mon vœu.
Lulli sois mon gendre,
Pour l'amour de Dieu.

CRÉPON, *à Lambert.*

Qu'est-ce que vous chantez ? Ce n'est pas là notre air.
De quoi se mêle-t-il ?

LULLI, *se retournant.*

Bonsoir, monsieur Lambert.

MARTON.

Il arrive à propos.

LAMBERT, *à Lulli.*

Isabelle, Isabelle
Soupire pour toi.

LULLI.

Soit; mais je ne veux pas d'elle,
Une autre a pris mon cœur.

MARTON.

Vous auriez bien tort,
De manquer la faveur que vous offre le sort.

LAMBERT.

Épouse-la, Lulli.

LULLI.

Je la connais à peine.

CRÉPON.

Si je reste tout seul, soyez moins inhumaine.

LULLI.

Je ne l'adore pas.

LAMBERT.

Tu l'aimeras plus tard.

MARTON.

Vous pourrez tout entier vous donner à votre art.

CRÉPON.

Pour noyer mon chagrin, si je retournais boire.

(Il va pour sortir, mais en retournant ses poches, il s'aperçoit qu'elles sont vides et il reste.)

MARTON.

Devenir un grand homme et conquérir la gloire.

LULLI.

Je voulais vivre heureux et non pas glorieux;
Que m'importe, après tout, que mes petits neveux,
Cent ans après ma mort, parlent de mon génie!
J'aimerais mieux dix ans de bonheur dans ma vie.

Quatuor et final.

LAMBERT.

Ah! ne refuse pas,
Cher Lulli sois mon gendre,

Ma fille a le cœur tendre,
Ah! ne refuse pas,
Elle fera ton bonheur,
Mon Isabelle est si jolie,
Epouse-la, je t'en supplie,
Et ne fais pas son malheur.

MARTON.

Ah! n'hésitez pas,
Lulli, soyez son gendre,
Non, non, n'hésitez pas,
Lulli, sans plus attendre,
Donnez-lui votre cœur.
Ah! c'est vraiment une folie,
Je ne suis pas du tout ravie,
Qu'ils me donnent leur cœur.
Il finit par comprendre
Son Isabelle est si jolie,
Ah! c'est vraiment une folie.

CRÉPON.

Je songe au trépas,
Je vais aller me pendre,
Oui, sans plus attendre,
Je songe au trépas
Pour finir mes malheurs.
Mais c'est peut-être une folie,
De terminer ainsi ma vie,
J'aurai l'air d'être un sans cœur.

LULLI.

Ah! je ne tiens pas
A devenir son gendre,
Puisqu'une autre a su prendre
La place dans mon cœur.
Je penserai toute ma vie,
A la soubrette si jolie,
Qui sut captiver mon cœur.

(*D'un air résigné.*)

Je serai votre gendre,
Mais je penserai toute ma vie
A la soubrette si jolie,
Qui sut captiver mon cœur.

LAMBERT.

Partons, partons dès ce soir.

LULLI.

Mais il fait déjà bien noir.

MARTON.

Partez, partez dès ce soir.

CRÉPON.

Je suis au désespoir,
Plaignez mon infortune.

MARTON.

Vous aurez le clair de la Lune.

TOUS.

Vous aurez } le clair de la Lune.
Nous aurons }

ENSEMBLE.

MARTON, LULLI *et* CRÉPON.

Au clair de la Lune,
Mon ami Pierrot,
Prête-moi ta plume
Pour écrire un mot,
Ma chandelle est morte,
Je n'ai plus de feu,
Ouvre-moi ta porte,
Pour l'amour de Dieu.

LAMBERT.

Ma fille Isabelle
Soupire pour toi,
Ah ! viens auprès d'elle
Lui donner ta foi.
Si ton cœur est tendre,
Ecoute mon vœu.
Lulli sois mon gendre,
Pour l'amour de Dieu.

FIN

Rambouillet, typ. et lith. de RAYNAL.

www.ingramcontent.com/pod-product-compliance
Ingram Content Group UK Ltd.
Pitfield, Milton Keynes, MK11 3LW, UK
UKHW020501230726
13925UKWH00005B/2061

9 782014 056518